O mergulho do afogado

ANDREEV VEIGA

Coordenação editorial: Sálvio Nienkötter
Editor-executivo: Raul K. Souza
Fotografia da capa: Andreev Veiga
Projeto gráfico e editoração: Maria Luiza de Carvalho Rodrigues
Produção: Cristiane Nienkötter

Dados Internacionais de Catalogação na Publicação (CIP).
Angélica Ilacqua CRB-8/7057

Veiga, Andreev
O mergulho do afogado | Andreev Veiga.
Curitiba : Kotter Editorial, 2019.
100 p.

ISBN 978-65-80103-51-5
1. Poesia brasileira I. Título

CDD B869.1

19-1581

Texto adequado às novas regras do acordo ortográfico de 1990, em vigor no Brasil desde 2009.

Kotter Editorial
Rua das Cerejeiras, 194
82700-510 | Curitiba/PR
+55 41 3585-5161
www.kotter.com.br | contato@kotter.com.br

Feito o depósito legal
1ª edição
2019

KOTTER EDITORIAL

O mergulho do afogado

ANDREEV VEIGA

O tempo é ainda de fezes, maus poemas, alucinações e espera.
Carlos Drummond de Andrade

brodsky

o que o senhor faz?
escrevo poemas
quero dizer, em que o senhor trabalha? qual sua ocupação?
trabalho escrevendo poemas
sei, mas qual sua área profissional?
sou poeta
e quem intitulou o senhor como tal? quem disse que o senhor é um poeta?
ninguém. e até hoje não fui nomeado como ser humano
o que o senhor faz para ser poeta, estuda?
não sabia que se estudava pra isso
e como se torna um poeta?
não sei
o senhor deve ser mesmo um parasita, pois nunca trabalhou. o senhor é um parasita?
não, escrevo poemas
o que o senhor acha que fez de útil para a pátria?
escrevi poemas
por que o senhor não trabalha?
eu trabalho. escrevo poemas
e a poesia faz com que o senhor evite trabalhar de verdade?
não, sempre trabalhei de verdade. escrevo poemas
o que faz o senhor acreditar que trabalha de verdade?
meus poemas
dessa forma, o senhor se declara inútil perante a sociedade?
não. não me considero inútil. sempre trabalhei escrevendo poemas

locus amoenus

sobre a fotografia de um homem sentado em seu apartamento na síria
é incontestável - ele decidiu ficar
não nos escombros que permutam o vocábulo lá fora ou
pela terra que sustenta a cegueira do mundo e
enterra mais do que a memória esquece em sua potência de envelhecer
o dia em que um bode pastava na companhia de seu pastor

fica - com o mediterrâneo atiçando atrás dos olhos
a razão que não se justifica pela certeza
nem pela notícia de mais um ataque
e com um sabor de torta na boca
saliva o ódio a toda essa gente do atlântico
de forma sutil
sentado em seu apartamento na síria
acariciando a barba sem puxar o gatilho

aleppo

deus é um sonho farto de ossos
declarando que não é fácil andar sobre a terra
que não dá para apoiar
a cabeça num ombro irmão
quando a solidão despida
disser amém ou
desprender-nos de outros sonhos
ficando os abutres
para nada oferecer-lhes
que já não tenha jazido em suas entranhas

assim voamos para um sonho que jamais aconteceu
com nossa máscara de ferro
pele anti-bala anti-deus
olhos cerrados
para além do coração
sinuoso nesta ave
que pousa em outro corpo

no banco traseiro da vida

é hora de arrancar o coração do peito
vomitar o amor e beber o descaso que se prolifera
no campo vazio da derrota
evacuar o contingente de bestas amarelas
e minar com sangue o ouro que brilha nos olhos do inimigo

nossa luta já não escreve manifestos
é variante do português a galgar os esgotos
em marcha
aos gritos
a canção da vida e da morte

agora somos um menino que nunca chorou
cujo calcanhar ganha serpentes que dobram o tempo
e tomam as paredes da escuridão com seus tentáculos
nos tirando para dançar

estamos no banco traseiro da vida
perdendo a carne podre entre os dentes
que o vento
do primeiro incêndio da resistência – limpou
sem deixar a memória dos infames sair do matadouro

deixaremos o cheiro dos caninos para trás
e faremos amor com nossas mulheres
sobre o pretexto de fazer amor
nos permitir convalescer em sorrisos
ao lembrar as cinzas e o sol
que nos condena igualmente a pensar

porque não dormimos sobre o comando de acordar
celebramos a noite
como lobos vermelhos que descem as montanhas
no lugar das pedras
para construir no abismo das massas pobres
uma jaula acorrentada na história
sem nada a levar
que não seja dito em total potência pelos cantos: não

e ainda que a morte seja conhecida
como a resposta para todo o silêncio do homem
deixará no espaço vazio aberto pelo coração
um coveiro – nobre
com as mãos em punho
contra a sina da guerra
que jamais enterramos

o lavador de pratos

a aurora se desfaz com o café
que desce forçadamente à garganta
e não há sensibilidade para que se perceba
a família que ainda dorme

caminha pelo centro comercial e vê nas vitrines
os tijolos que até pouco tempo atrás
não o deixaram sonhar
chega no horário marcado
veste-se com o branco engordurado
com fissuras provocadas pelo uso constante
o branco que em breve
facilmente confundirá com seu rosto

a conversa no trabalho gira em torno de crimes e
relações amorosas em palavras de calão
uma mulher esfaqueada na mesa de um bar
ou um homem assassinado na entrada de um motel

é um porão de navio
e faz com que o pouco que resta de si
escorra pelas fissuras agora cavadas em seu rosto

dez anos para envelhecer
sobre o pensamento vagante no prato vazio
ou com sobras de alimento
desejos
frustrações
farofa que soprou da boca
solidão
 - esse babugem vai pelo ralo
e junto vão-se estes sentimentos e os olhos do proletário
fazendo com que a pia entupa para o próximo na escala

antes do pôr do sol
deixará o centro comercial pensando em álcool
e na possibilidade de mudar de vida

em casa
preencherá o buraco deixado no telhado
para que a lua – que nunca existiu
não veja o corpo-presente
jogado na cama para o destino

e ao mesmo tempo velho

para Luiz Inácio Lula da Silva

a criação de tua idade acontece quando a pólvora se insinua
[contra a minoria
e os óculos, tu deixas de lado
e ao mesmo tempo velho, a barriga passa a ser uma ideia para o futuro
que, agora supérfluo, te faz ultrapassar a fadiga de todos os pés da paz

a ilusão presente não supera o fato de que o pensamento se arca em
[tuas gastas vertebras,
a tolice, como alguns podem dizer, de quebrar a casca do ovo e sair
e por mais que o coração esteja fraco, será ele o levante sobre
[os dramas que comungam
a falência que faz a noite durar e exceder o tempo de melancolia e tristeza

na contracorrente que fere identidades e sobrepõe estes num
[novelo de utopias
teus joelhos terão força suficiente para esmagar os espinhos
para sacramentar o perfume dado a um jardim vazio
airado para receber o filho preso, o filho morto, a mulher
[enterrada pela opressão

a dor em teus braços dura menos que o tamanho da causa
e assim como uma árvore intercalada nas estações
continuas a respirar e crescer
e ao mesmo tempo velho
com o cabelo ralo
as folhas que caem não morrem
germinam
e as que ficam
te apoiam

dispensado

revejo na fotografia uma juventude sem servidão
e talvez essa seja a foto da sua vida
por isso o cuidado de não parecer lânguido
os olhos inchados
o nariz seco antes do flash

em suas retinas há um jardim de musgo
e um homem se move lá atrás
esguio como uma centopeia caindo de uma folha

franze o supercílio
o reconhecimento de dever não cumprido
e sinto dessa experiência que a memória nada mais é
do que uma batalha não vencida
o sujeito sem aliado
o campo assassinado e suas cóleras a pisar o jardim

poderia haver um sonho longo
em que uma oportunidade fosse dada antes da guerra
e o qualificasse para carregar o mundo com a destreza de um besouro
reluzindo no fumo
a foto que vai ao encontro de um soldado
à procura do pai

mas a vida não quis assim
e sem questionar
proferiu às mãos de um desconhecido
o carimbo na fotografia

o 6º andar

a recepcionista se mostra satisfeita
que bom que ela saiu do CTI
eu finjo uma gratidão e lembro o trecho de um poema de mallarmé
um lance de dados jamais abolirá o acaso
isso faz a fumaça do cigarro pesar
e afundar um navio em poucos segundos

entro no elevador
vou para o 6º andar apartamento 606
a viagem é interrompida por um problema técnico
paramos entre um andar e outro
eu e o elevador
e diferente de john malkovich
não há um portal
apenas a labirintite à esquerda
à direita
a porta trancada

passo pelo corredor e vejo pessoas chorando
uma porta aberta. uma senhora pelada no leito sendo higienizada
certo dia uma enorme podridão saiu de uma das enfermarias
e tomou conta do 6º andar
andar detestável
dizem que é o andar onde a esperança é acelerar
com toda a força contra um muro
e esperar para ver o que acontece depois

a família cresce e diminui
já carreguei muita gente doente
alguns tenho certeza de que já partiram
mas cada rosto fica para sempre
como se estivessem todos em uma praia
sempre ao chegar da noite
onde a vida pede passagem
e cada tumor é uma estrela encoberta por uma nuvem

chego no 606. lavo as mãos. passo álcool. calço as luvas
esse é o procedimento para que eu possa tocá-la
e apesar de sua memória já não ajudar
conversamos um pouco
mas passamos a maior parte em silêncio

e eu não sei o que passa em sua cabeça
mas na minha sei que pode alcançar todas as docas
só o lugar que encurtou

autorretrato

diferente de max, bukowski e rimbaud
não sei disfarçar a falta de dinheiro

e fico em casa lendo um livro
fenecendo o caminho de outros poetas

que não têm a sorte ou refúgio
de acender um cigarro entre amigos

estão todos mortos

seus nomes cavam a escuridão de um abismo
e é preciso ter cuidado

para não ter as pernas arrancadas
com o que escrevo

antes de apenas urinar
na hora de minha morte

para atravessar a baía

para josé, meu avô

ele pede para parar. sente-se mal
apoia o corpo num poste. puxa o ar

ergue a cabeça e me olha
sente-se envergonhado

os carros passam a toda velocidade. motores possantes
tipos rebaixados. nada se compara aos anos 90

as ruas foram feitas para os carros

seus braços não parecem firmes
e nunca mais pediu para eu comprar cigarros

o comprimido embaixo da língua
não traz um gosto agradável

quer voltar para casa. atravessar a baía

as ruas ficaram vazias
os carros estão sendo desviados por conta da greve

pego um panfleto. ponho junto à guia de atendimento
chegamos ao hospital. há panfletos pelo chão

finalmente ele pôde sentar
observo-o várias vezes: homem de combate

por fim, o médico não veio. saímos
entramos no carro

ele me olha sorrindo
logo irá atravessar a baía

o céu fica sujo

fiquei só na janela do avião
não pude ver deus nem meu pai
talvez tenham saído para nadar
ou estejam dormindo

ou apenas se preparando para morrer outra vez

matadouro

os crânios esmagados não são de herberto
o dom do poema não é a morte

o corpo é uma curva violenta
uma máquina que se rompe, inacabada

inconstante fio de faca
nó que perdura no tempo contra o templo da dor

as oficinas canibais
a fome inteligente, força, fome sensata

sem sabor para nós e herberto
um prato cheio para a palavra dizer:

corpo é uma armadilha violenta
que não isenta outros personagens

da marca do ferrete

após a leitura do poema "canto das cerimonias canibais", de herberto helder

poema à capitale

chegarei com algum atraso
ele não sabe o que é isso
deita e espera da noite um milagre
a tv será entregue amanhã
e o mendigo se enrolará no papelão de mais um bem entregue
pelos correios

minha família diz que não sou pontual
não assumo compromissos
falto a aniversários
e não gosto de ser fotografado
assumo a culpa
e longe deles me dedico a mais uma fala artificial
como gostam disso – remissão

o mendigo não precisa de nada disso
sua memória é dom quixote soprado do escapamento dos carros
sua fome
tão deprimente quanto um rosto que o ausenta da multidão
e esse rosto pode ser qualquer um
que esteja a caminho da zona franca para trabalhar
e ter sua invenção na vitrine de uma loja
onde o mendigo costuma ficar parado
olhando por não ter onde ir

aos domingos

meus amigos
amanhã será mais um dia em que aquele rapaz
baterá em minha porta
para que eu invoque o nome do senhor
já disse a ele que não estou só
e que vocês são bons companheiros
que tudo o que mais quero
é que a noite demore
que o ócio me canse
e que a sombra me faça companhia depois do almoço
não sei porque ele insiste em me visitar
eu vivo feliz
sempre que ele chega estou ouvindo mahler
ou preparando um rocambole na cozinha
sirvo-lhe água – ele aceita
ofereço-lhe comida – ele come
sempre que vai
com aquela fisionomia que ainda não consegui entender
deixa de presente um vazio que não me completa

se não fosse para ajudá-lo
jamais o deixaria entrar

uma laranja

tu podes preferir uma laranja
ou achar que o azedume é para uma classe de degustadores

pensar que o lirismo dos ciclistas
revela a real natureza da liberdade

e na europa a angústia é poética
aqui o sol não te deixa sair de casa

o louco por ser louco
deve ser esquecido – há quem diga que a loucura pega

e te juntas às pessoas na praia
aguardando o garçom trazer-te a cerveja gelada na areia

do mundo tu jamais irás desistir
as opções são várias

e tu
pouco menor que uma laranja

uma encenação barata de 1981

não quero tornar meu livro uma merda
não quero entender de poesia contando estrelas

agora sei que não sou capaz de entender a vida:
a vida muda naturalmente

e não há esforço
o poema não segura as mãos de ariadne

não tem em si um horizonte
é inacabado

visto de pé
uma encenação barata de 1981

uma tentativa de escrever
um momento que não fosse obscuro

e é nisso que acredito
-porra nenhuma-

a nobre independência de estar só

sai da mão de deus a melancolia
que pasta os destroços do coração

a solidão vegeta seu destino em uma cova
onde o homem dorme com os olhos abertos

olhos invisíveis sobre o reino da vida
argila enrijecendo o ar

cor de cinza, calvário de areia
eternizando a paisagem deserta

com sua gente caminhando
por fronteiras exíguas de sentimentos

forma vazia:
cores que observam à distância

a nobre independência de estar só

o mergulho do afogado

o afogado caminha na praia
não toma café pela manhã

não vê o pedaço de carne no prato
não retorna à família que ama

chuta pedras, farpas
pedaços de nós em blocos de concreto

da carcaça, sai a fumaça
que o vento espalha e

com ela, espalha o grito derredor
do que o separa do esgotamento

a memória de quem morreu
não fica em coma por muito tempo

o mar fica imóvel para sempre
o fogo reluz com a noite

o afogado
mergulha sem tocar os joelhos

não ouve sinos enquanto caminha
não vê ausência onde somente areia existe

o sulco das jacentes
é um temporal onde os pés se apoiam

mas as mãos – mãos completas
não tocam o mundo que está morrendo

para ler aos quarenta

para laura castro

quando sentada, o tempo partir sombreando
onde o sol despertou um clarão de estrelas crescendo

o silêncio será tua voz
reverberando o tambor da memória

quando o rosto ou osso puser frio na beleza
que reflete o presente

uma semente cairá e desfará o vazio
contra o dilúvio das noites e dos dias

a natureza passará feito a morte
que lentamente sopra e sobra na centelha da vida

quando sentada, sem tempo e fala
o poente balbuciará qualquer rumor

que abrirá o dia em dois dias de areia
e sob a cadeia levantarás da cadeira

e repetirás o que antes outros diziam,
teu nome

um pouco desse cigarro

para fernando maroja

não estou à altura dos elogios que me são dados
não pareço ser o que dizem

o cigarro não é um cão-guia que me traz a noite
nem está cansado com sua prolongada vontade de exílio

estamos cá sentados frente a frente
nesse momento que apenas reflete solidão

não é nada além de um encontro
e posso dizer que estou sendo gentil contigo

pois não estou nem aí para o que estamos bebendo
ou para o que possas pensar das palavras que não me trazem sorte

assim mesmo, meu amigo
te peço um pouco desse cigarro para concluir

que a impressão que tenho
é que só gasto um minuto para dizer tudo isso

que se acumula em nossos olhos
ou a esmo como um fruto caído de uma árvore

som da eterna cavalgada sob a chuva

tua vida é uma vela sem pavio
verbo na ignorância da luz

som da eterna cavalgada sob a chuva
som de morte

que ampara teu esqueleto
sussurrando o vento em teus olhos de vela

repetindo passo-a-passo
teu reino sobre a cadeira do dia e da noite

rainha das sombras

tua alma reclinará nas areias por onde pisas
no combate às cores emudecidas

que cruzam teu caminho
como um lagarto tonto e ligeiro

percorrendo tuas lástimas
em nome de deus e dos que não te ouvem

a escuridão
não desiste do teu corpo

e traz a morte vestida de esquecimento
para que tenhas um único trunfo sem dor:

ouvi-la

glauber rocha filmou tudo

di cavalcanti não é carne a ser comungada
nem alvo para as lágrimas que chegam vestidas de submarino
o que o distancia do cadillac preto
é saber que com os olhos fechados
as pombas de pierrete pousam em seus ombros
e sobrevoam o salão cagando sobre aqueles
que se agitam no mar da altivez

di cavalcanti desapareceu no carnaval
eu mesmo desapareci com uma câmera de 35mm
esperando o tempo desviar o olhar de nós por um instante
para que as pessoas vivessem a arte
como vivem a religião

e tão ágil fui com minha câmera nas mãos
cortando a frente de todos subindo em túmulos e capelas
furando a fila das viúvas
a fila das guirlandas e das choradeiras
que declinavam a arte ali naquele momento
em que via di cavalcanti estupefato em seu paletó
sem poder levantar
para ir tomar um café com sartre
ou candidatar-se a uma vaga na academia brasileira de letras

depois tudo foi embaçado por um padre
que celebrava sob um forte sol
a tecitura entre luz e sombra

mas eu ainda pude ver as mãos de di cavalcanti, cruzadas
como uma espécie de algema ruindo o obturador
e ele dizia:

moço continuarei até a morte porque,
além dos bens que obtenho com a minha imaginação,
nada mais ambiciono

a imagem congela:
as cortinas encobrem o espetáculo
sem que a terra una suas cinzas à lente de meus olhos

o sabor da cereja

para abbas kiarostami

o homem não é bom
e o espírito humano é uma barbárie
que surge para não prestar
em ondas que transformam a natureza num ouriço
dentro de um pensamento inválido de delicadeza

a civilização é a doença do instinto

ontem te vi conversando
com várias pessoas pelas ruas de teerã
tua oferta era simples
passe às seis. jogue duas pedras sobre meu corpo.
me enterre. depois pegue todo o dinheiro que está no carro e vá embora

dirigir por aí em busca de alguém para jogar vinte pazadas
não adianta
também não adianta olhar a paisagem de dentro do buraco
há crianças brincando por perto
e se o chute for sem direção
terás a companhia de um brinquedo
de uma várzea sem ninguém
e de uma árvore repleta de frutos

mas você dizia
não estou louco. não estou louco
não podem sentir a dor que carrego

os homens riam
e viravam as costas

para que fique de consolo

a escrita é o que temos de mais plausível
mas o que afeta de verdade é o silêncio
e quando pergunto por quê
vejo-me contrariado com tudo de ruim que acontece
precisamos todos de uma terceira guerra mundial
a não ser quando saio para tomar café com meus amigos
e passamos a tarde falando sobre muitas coisas
menos o social
que continua estático como o coração
é, talvez explodir um pai e levar uma criança junto
não seja exatamente como o silêncio dentro do aquário
que vejo em cima do aparador
e de como posso esmagá-lo com minhas mãos sem ferir ninguém
ou fira o dono do peixinho
que a muito não o vê por estar num retiro espiritual
depois de ter a casa invadida por um pedinte
que obviamente sentia fome
é, acho que precisamos todos de uma terceira guerra mundial
para que fiquem de consolo as ruínas que a muito dizemos
que não é da nossa ossada
na áfrica, no velho mundo, no sul
falam as mesmas coisas que eu falo pra vocês
sobre o fato de como ficamos iluminados com o silêncio
e nos perguntamos todos os dias
de onde vem tanta felicidade

o encontro

aquela imagem que vejo é uma árvore
mas não sei o que isso quer dizer
já vi árvores o suficiente na minha infância
sobre o mar, no jardim, em casa
já vi árvores queimando sabendo que queimavam

uma vez fiquei sozinho na sala
em frente a uma árvore de natal
mas lembro que a tv me chamou mais a atenção
do que a caminhada de lutero por uma floresta sob a neve

agora deparo-me com esta árvore enquanto dirijo
fumando meu hollyhood vermelho
antes de chegar até a próxima cidade
onde minha mulher me aguarda
para decidirmos o que vamos usar
no funeral de minha mãe

a estrela de davi

vejo teus habitantes em cada degrau de escadas
numa imagem que surge quando outra se desfaz
em cada poste que se apaga pelas ruas
onde uma lata de lixo ecoa a dor amarrada no poste
dando força à fuligem que flutua sobre o holofote das baionetas

fostes açoitado por uma mão
que apontava o rumo do próprio nariz
marchastes até tarde com outros irmãos a te seguir
puseram-lhe uma faixa branca amarrada no braço
rasparam-lhe a cabeça antes do banho
e a miragem de tua alma fugiu
evitando a tormenta que seria ver
seis milhões de estrelas azuis

lamento

o mundo não precisa de profecias
para irmanar em teu coração, filho
o buraco que se abre no escuro

a poeira da madrugada
há de servir como amuleto esta noite
e quando declinares para o poente
estarei aqui com teus irmãos
ouvindo o grunhido dos gatos

o perfume de tua partida
não perdura como história contada
pois a lei que rege nossa falta de imaginação
é bem diferente do portão que é violado em nossa casa

contudo, filho
não tenhas medo dos ruídos
que aprisionarão teus nômades
dorme
eis que o céu não é nada
sem a tua companhia

mãe

talvez ela esteja cansada de acordar durante as madrugadas
sua escrita está no regresso que atravessa os muros
desse império de portas e lençóis trocados
e cruza um céu ausente
que a furta de minhas mãos
chegando em seu rosto

como faz um filho

para antônio moura

o tempo cresceu
o convite do tempo não veio
por hora ela continua ao meu lado – bela mulher
duradouro rosto de paz que me faz sorrir
quis abraçá-la
não o fiz
e fico a pensar
como faz um filho?

o chafariz

ao san

o tabaco poderia dizer alguma coisa
sobre tua voz que escurece

mas não diz o tempo
que encolheu tuas roupas

e deixou tuas cicatrizes próximas do sol
na ruptura do horizonte

junto a um chafariz
de uma praça abandonada

as garras que exaurem tua carne
cobrem teu cabelo com tempestade

gerando um mundo subterrâneo
não muito maior que a morte

mas, desastroso num dia como esse
cheio de pessoas bebendo em tua casa

por onde as ruas não escondessem o ócio

para ney ferraz paiva

você poderia estar sob o sol de outubro
vindo de barco

por um mar adormecido
com gralhas que cobrem essa cidade

poderíamos ir a um lugar
por onde as ruas não escondessem o ócio

e ninguém fosse dono do silêncio
ou afiasse facas no peito

poderíamos apenas não sair
como se faz numa noite de sono – fechando os olhos

deixar a noite trabalhar em nossa ausência
fazê-la a coisa viva e esquecida que forma esse céu

por onde na manhã
as portas se abrem para o outubro

que lança mão de tua companhia
e abriga em vez de irmandade, o vazio

que teu rosto aparenta
quando falamos de tua nave do nada

não é apenas um animal

não somos ninguém. somos da pedra à farpa
o engano bruto da palavra: nada

vazio que ultrapassa o corpo apodrecido
no instante em que o mundo floresce

útero na enchente da vida
coisa falha de pelos no oco do poema

espécie sem vida. voz sem eco
quimeras iluminando a noite

sol apascentando o caos
tigre surgindo por trás de nuvens

não é apenas um animal

é nosso canto
para sempre fraco

ilha

para max martins, in memoriam

o rosto deitado no chão
como se a terra se importasse

em dizê-lo:
eis teu trabalho

arma-te com a lembrança da fuga
e deita teu corpo sobre a ilha

mesmo que ela corroa
o que ainda te resta de um filho

e te faça sumir como filho
que nunca esteve fora de casa

vem à sombra de teus ossos
e não tente entender suas falhas, seu cansaço

seu espírito de nascimento e morte.
o lugar que escolheste

vai e volta com o mar

antes que chegue

um tigre ao sol sentado na solidão da rua
fecunda os ossos no infinito da sombra que passa

onde se esvai a forma que o corpo carrega
sobre todas as formas de se pronunciar: silêncio

a cabeça se encontra com o mundo da ausência
no peito que sobrevive enquanto outros são queimados

passados, testemunhados corpos clandestinos
de um universo navegante

navegado corpo só
ermo condutor da tarde mirando aves no céu, vertigem

momento em que o sol espalha
seu calor sobre a pele

um piano

não sinto vontade de sair de casa
você pergunta por quê
eu respondo que não me importam as pessoas
ou o que fazem
também não quero usar palavras bonitas no poema
ele não precisa delas para provocar alguma sensação
existem cidades bonitas com nomes feios
e mulheres feias com nomes bonitos
e quando ambas são lembradas
o poema não vem à mente
vem a palavra
que deixa erguida terra e carne numa só lembrança
mas não só quando lembradas
e sim quando vistas e visitadas
mesmo que eu não queira vê-las através de minha janela

eu nunca gostei muito de sair de casa
fico pensando em quem faria o café
para um dia de poema perdido lá fora
estou de cabeça para baixo no mundo empurrando um piano
vou ficar aqui
cumprindo o meu papel que não quer dizer nada
nada além da repetição de outra coisa que acontece

chevalier de pas

não o vi descer a cidade com o vigor de um poeta perdido no mundo
a elegância está a flanar no bico de uma gaivota
não é um dia triunfal
três eram o mesmo
e dessa semente que naufraga
resta taciturna a pátria:
o temor de esconder o rosto da beleza
que na meia-noite não se pode enxergar

seu amigo jamais receberá uma nova carta
é que o desejo de ser hospitalizado
deu-lhe a paz do que nunca foi
e do nada que nunca o prendeu aqui

vincent

você poderia me mostrar o caminho
de como sepultar meus pecados na poesia

assim como você sepultou a holanda
com primavera febril

e fez de um dos seus órgãos - jogado fora
a ousadia de subverter a loucura

gauguin disse certa vez que sua voz era doce
eu vos digo que suas mãos são como o absinto

tragado pelos campos
tirando-lhes a condição vegetal

o mundo onde você esteve nunca existiu
caberá às tuas obras mostrar aos pagãos

como se deve olhar para o céu
como no desamparo pode surgir uma estrela ou um girassol

e me vejo desolado pela razão
por um poema que não veio – tal cura é preciso?

o que deve ser levado de mim para que eu me tenha hesitante
e perceba que sou um pastor perdido guiado por um leão?

a língua a perna
ou uma cadeira de rodas na sombra de uma árvore?

mais que a peste

o pão que sobra para o mundo
não preenche esses versos
a sorte de ter passado setembro
sem uma colher de sal
não faz dessa casa o centro do universo
o pão, dura ainda a frágil vitória sob os pés do diabo
a fome, mais que a peste
mata aos poucos
o grão, menor que seja
abre a porta para tudo permanecer de pé
a fome, o grão
dois modos distintos de imaginar um céu azul
quando o único explorado
confina em si mesmo suas mazelas

visto do alto da torre

conheço poetas arrogantes
alguns que querem ser famosos
e outros exilados em suas torres

penso na vergonha que sinto em mostrar meus versos
um poema pode arruinar um homem

leio todos
até faço dedicatórias
mas tem certas horas que fica impossível
conviver com eles
o café, a bebida na esquina
a paciência para esperá-los

prefiro tê-los como poetas
a esperar que a noite invada com sua náusea
outros tão bons em suas possibilidades

como um palácio vazio

a lâmina que corta o mundo

não se vista com camisa de mangas longas para fazer o poema
não use chapéu – não há o que enobrecer
que já não tenha o passado ou a cretinice apurado em demasia
não faça aventuras em trilhas
para durante o cansaço
fazer a inércia flertar com o vazio
o vazio não é uma caixa pré-moldada conforme a opressão de teus demônios
ela é feita de papel encontrado no lixo
e some pelas ruas da cidade depois da enxurrada
não faça vil a hora em que te encontras moço
a hora em que te encontras velho
o jeito com que a sociedade é condenada e te condena
o tempo sempre será de fezes
e justo é aquilo que da fala não sai menos ridículo
que uma coroa na cabeça
e pode ser desse detalhe
que provém a lâmina que corta o mundo para o poema

c.b.

se eu tivesse que apostar no pior cavalo
apostaria e faria festa à possibilidade da derrota
junto aos populares do mercado
que diariamente não chegam a lugar nenhum
mas que estão certos do quanto o trabalho é duro
e da quantidade de vinho que podem beber

ora
usar bosta de cachorro não nos torna um cão
ou talvez nos torne
e vivamos todos num canil
onde a obrigação é não morder
ninguém que chamais fingiu de morto
com a cabeça decapitada

esses cães não veem anjos com cabelos dourados
sobre seus telhados
eu vi num livro e não gostei
como gosto de apostar em cavalos
o que é preciso um pouco de dinheiro para vencer
e é quando percebo que sorte e cavalo são a mesma coisa
e me junto a um grupo de desconhecidos
que pernoitam na calçada
onde nada acontece

macieira

ó pai
por que me colocaste no mundo
se teu reino não é aqui
neste esboço planejado em sete dias
tendo o homem à tua semelhança irreal
preso às mazelas e utopias da fé

as lascas da cruz não são engolidas
incestam minha garganta e a saúde
é mar abrindo o peito para o incerto de caminhar
pelo mar que transborda de um esforço vão

ó pai
qual flâmula triunfará no céu que não sejam as de pássaros
quando deixam de ser vorazes e retornam ao ninho
depois de migrarem após as nove badaladas

digo-te
tenho pressa de não ser açoitado por pensamentos vazios
mas quando clamo por ti, pai
não ouço minha voz
apenas o som das maçãs caindo de minha boca

o peso fora d'água

a literatura me espera sentada com sua face refletida no sol
queimando a palavra para das cinzas parecer infinda

sem padecer a morte a única coisa fatal
a narrar o que escuta um caçador

almoça janta não se distrai com os postais da cidade
aguarda o momento certo de pegar a enxada

cavar pequenas valas
trazer o sulco dos pulmões molhar seus pés

algumas vezes nos vimos
foi no interior de um abismo em atlântida

dylan thomas estava lá
tinha no riso o aborto da aliança do que nossos olhos peregrinavam

e de nossas mãos – que como o mar
continuavam fechadas

hoje navego de escafandro
mas sei o peso fora d'água

o que insinua ser visto debaixo de uma árvore
pode nas asas de um pássaro perecer faminto e partir

a superfície esgota a grande literatura
e sequer desaparece com a paternidade do aniquilamento

ou coisa cálida
acostumada com a utopia de naufragar
e ver em frente ao corpo afundando
uma sombra que chega feito pó

o meio da vida

para marini, na ilha de xiros

esta irrealidade que chamo de ilha
capataz de toda verdade que daqui do céu me ignora

prostra-me na janela feito gota ao sol do meio dia
e no mar egeu – meu isolamento me observa com uma pedra na mão

corre a toda velocidade e arrebata a asa do avião
sem pânico sem nenhum desespero sem a chance de que a vida seja um bordo

chego à margem e vejo hórus e perco hórus de vista
e a solidão cresce como a sombra da asa ganhando projeção no fundo do mar

o corpo enguiça onde
um sonho juvenil se depara com a fadiga e faz dela seu mármore

já não tenho porque voltar
a água nos pulmões é suficiente para passar a eternidade

poema para não criar gados para a vida

o que de fato tenho em comum com este lugar
é orgânico
o cheiro, a hipocrisia, a fruta na lata de lixo
não fazem bem para o meu organismo

em cada gota de suor há uma doutrina
que lançada à terra
genocida a ignorância exaltada nos templos do pensamento

e surge o suicídio
como forma de manter o coração pulsando na história
e o assassinato comedido dos reis
em que a morte é providência para a virtude dos puros

nós, vermes
até que somos simpáticos por conta do medo
mas a desgraça não segue a lógica da natureza
pelo contrário
desperta quando salta de um trampolim

será preciso a peste para honestizar as guerras
o holocausto, o golpe, a fome
a insensibilidade, os ratos, a ditadura
a falsa moral, as falsas esperanças
a desumanidade

e a partir daí
esperar que deus rejeite seu desejo pela criação
ou parta do princípio da razão
e venha viver conosco em total harmonia

Contra a sina da guerra que jamais enterramos

Quando li diálogo*nuvem* (2016), livro de estreia de Andreev Veiga, uma mesma impressão se fortalecia página após página: sob a mancha magra dos versos daquele poeta, abria-se um abismo entre a expressão contida, dura, precisa, e o voo largo das imagens que ele construía com habilidade admirável. Das menores dores cotidianas, o poeta saltava para amplidões em que minha imaginação se perdia, sem que, para tanto, o corte seco das palavras precisasse ser sacrificado. Foi com essa memória da poesia de Andreev que ingressei neste novo livro, *O mergulho do afogado*.

Antes mesmo de chegar ao primeiro poema do livro, o leitor é advertido: "O tempo é ainda de fezes, maus poemas, alucinações e espera". A epígrafe, não por acaso tirada de "A flor e a náusea", poema de Carlos Drummond de Andrade em *A rosa do povo* (1945), revela a ponte que Andreev Veiga estende entre o nosso tempo e os anos finais da Segunda Guerra Mundial, sob cuja sombra terrível o autor mineiro escreveu alguns de seus mais importantes poemas. Aqui, agora, o poeta de 2019, assim como o de 1945, nos convoca para contemplar alguma beleza – uma flor, pétalas fechadas, crimes suaves, uma esperança mínima – no meio dos escombros.

O mergulho do afogado é um livro sobre a guerra, ou melhor, sobre as guerras, as opressões, as pequenas e as grandes violências, um cotidiano entre o desespero e a desesperança, entre a batalha que não terminou e a que já se anuncia no horizonte, em Belém como em Aleppo. Por isso, talvez seja mais preciso dizer que *O mergulho do afogado* não é "sobre", mas "sob as guerras", como um caderno de notas tomadas no front, com as marcas da batalha, ao som dos bombardeios que, em meio a alucinações e espera, apenas o ouvido apurado do poeta é capaz de distinguir.

Os versos de Andreev parecem resultar sempre da observação das formas que a guerra assume para se manter entre nós, mas não se limitam a repercutir seus estrondos e lamentos. Andreev não descreve as guerras: às vezes vive-as, outras vezes morre nelas, e se vê – nos vê – circulando por esse tempo ora como o abutre "que pousa em outro corpo", ora como uma espécie de *soldado dispensado*. Em suas mãos, apenas "a lâmina que corta o mundo para o poema". Daí a opção de abrir o livro transformando em *poema seu* um depoimento de Joseph Brodsky, de 1963, diante da acusação de parasitismo social feita pelo Estado soviético. Brodsky foi condenado: o tribunal não estava disposto a aceitar que escrever poemas era um "trabalho de verdade".

Andreev sabe que, sob qualquer totalitarismo (o nazismo que afligia Drummond, o estalinismo que perseguia Brodsky ou este de múltiplos nomes e formas em nossa época), dizer "sou poeta", "escrevo poemas", "trabalho escrevendo poemas" não é uma maneira de aderir à ordem, mas sim o contrário: é a afirmação do desencaixe que o exercício da liberdade – na palavra, na ação, na vida – promove num mundo mais e mais violento e injusto. Como uma flor que nasce no asfalto.

É com ironia, mas também com angústia, que o poeta confessa: "é, acho que precisamos todos de uma terceira guerra mundial". Com ironia, porque todo seu livro é a afirmação de que não precisamos de uma guerra, seja porque ela nos desumaniza, seja porque já a temos, continuamos no meio dessa "terceira guerra mundial" – daí a angústia que cruza todo o livro, em poemas que flagram, sem cerimônia, o que resta de nós enquanto corre "nossa luta [que] já não escreve manifestos".

O poeta aparece aqui como "um homem sentado em seu apartamento na síria", depois do bombardeio, ouvindo sua música predileta, como se ali, naquele gesto, estivesse a única salvação possível, a única salvação que lhe interessa, quando tudo ao seu redor está destruído, inclusive a esperança de contar com algo mais do que novos bombardeios. É para aquele apartamento que Andreev nos leva, para seu mundo repleto de apostas erradas, deuses mortos, orações para o vazio, poetas arrogantes – "um mundo que está morrendo", como diz no poema que dá título ao livro.

A dor que se espalha pelo livro de Andreev, ao mesmo tempo em que é colhida na distância – em lugares bem longe da janela pela qual o poeta vê o mundo, em tempos bem anteriores a este em que "nosso canto/ para sempre fraco" tenta se articular –, torna-se ainda mais aguda quando percebemos, no passar das páginas, que o poeta convoca toda sua família para os poemas. A guerra bate no que lhe é mais íntimo. Na visita ao hospital no poema "o 6º andar", no seu "autorretrato", na figura do avô em "para atravessar a baía", no pai que se prepara para morrer outra vez em "o céu fica sujo", nas críticas que recebe da família em "poema à capitale", na busca pela "nobre independência de estar só", nas mãos que não conseguem alcançar o rosto de "mãe", na dúvida aparentemente ingênua de "como faz um filho", e por aí vai.

O poeta diz: "eu nunca gostei muito de sair de casa" – e é a partir de sua casa, com o ouvido aberto para a guerra e os olhos voltados para a eternidade, que Andreev dispara seus versos que insistem em nos lembrar que "o tempo sempre será de fezes". *O mergulho do afogado* passeia por esse tempo sem esperança nem medo – aliás, a divisa "nec spe nec metu" bem poderia ser uma das epígrafes deste livro.

Enquanto lia os poemas de *O mergulho do afogado*, talvez porque Brodsky está à sua entrada, lembrava do que ele afirmou num texto sobre Ossip Mandelstam ("O filho da civilização", de 1977, publicado no Brasil na coletânea de ensaios *Menos que um*, da Cia. das Letras, 1994). Brodsky diz que "um poema é o resultado de uma certa necessidade: é inevitável, assim como sua forma", e, logo em seguida, a frase que me acompanhou por todo o livro de Andreev: "Como se tivesse consciência da fragilidade e da falibilidade das faculdades e dos sentidos humanos, todo poema se dirige à memória do homem". Os versos de Andreev escavam a memória, dirigem-se a ela, mas sabem que "a memória nada mais é/ do que uma batalha não vencida".

A necessidade por trás de cada poema, no entanto, se revela a cada passo que o leitor dá para o interior de *O mergulho do afogado*, ou melhor, a cada gole involuntário que dá nas águas profundas deste livro. Ao falar tanto de guerras, as desvendar tantas guerras sob nossa indiferença, Andreev consegue contemplar o humano soterrado num tempo que lhe é adverso. É daí que vem, a propósito, a ambiguidade do título – que acena tanto para a figura de alguém afogado que *ainda* mergulha, quanto para o mergulho que antecedeu ao afogamento. Aliás, você sabe nadar?

Tarso de Melo

KOTTER EDITORIAL

Impresso em papel Polen Soft 80g/m², tipografia BentonModDisp 12/15
Primavera de 2019